Louis Gresset

Papperle in vier Gesängen

Louis Gresset

Papperle in vier Gesängen

ISBN/EAN: 9783743379282

Hergestellt in Europa, USA, Kanada, Australien, Japan

Cover: Foto ©Andreas Hilbeck / pixelio.de

Manufactured and distributed by brebook publishing software
(www.brebook.com)

Louis Gresset

Papperle in vier Gesängen

PAPPERLE:
in vier Gesängen.

Der
Frau von *** Aebtißinn zu **
zugeeignet.

Aus dem
Französischen des Hrn. Greßet,
Mitglieds der Akademie der Innschriften und schönen
Wissenschaften zu Paris.

Frankfurt und Leipzig,
verlegts Michael Macklot,
Markgrafl. Baden-Durl. Hofbuchhändler, 1760.

Vorbericht.

Diese Ueberſezung des VER-VERT, eines der vollkommenſten Gedichte Frankreichs, welches den berühmten franzöſiſchen Dichter Greßet zum Verfaßer hat, und ſein vornehmſtes Meiſterſtück genennet werden kan, iſt mit vieler Sorgfalt und Fleis aus der franzöſiſchen Urſchrift verfertigt worden. Das feine, das ſchalkhafte, der ſpielende ſpottende Wiz, iſt darin

A 2   nen

Vorbericht.

nen auf den höchſten Grad getrieben, und von dem Verfaßer glücklich erreicht worden. Im Teutſchen war es, wo nicht unmöglich, doch ſchwer, alle gedachte feine, wizige Wendungen der franzöſiſchen Urſchrift mit der nehmlichen Stärke, mit dem nehmlichen Feuer zu treffen. Solches möglichſt zu thun, hat man ſich alle Mühe gegeben; indeßen will man es doch nur vor diejenigen gethan haben, welche der feinen Wolluſt den VER-VERT in der Franzöſiſchen Urſchrift ſelbſt zu verſtehen entbehren müßen.

PAPPERLE

in vier Gesängen.

Erster Gesang.

Du, um welche, als Einſiedlerinnen gekleidet, die ſchminkloſe Gratien glänzend einhergehen, und mit Demuth den Scepter führen; deren für die Wahrheit gebohrner Geiſt, Geſchmack, artigen Scherz, und liebenswürdige Freyheit mit dem ehrwürdigen Ernſte der Tugend vermählet: weil ich dir den herzrührenden Fall eines edlen Vogels ſchildern ſoll, ſo ſey meine Muſe, beflamme meinen Geſang, und leihe mir jene zärtliche und einnehmende Töne, die, als Diane * im Lenze ihres Lebens, von deinem Herzen weggerißen, und ins blaße Schattenreich verſetzet wurde, ſeufzend von deiner traurigen Laute aufſtiegen.

Die

* Das Schooshündchen der Aebtißin.

Die weltberühmte Unfälle meines Helden versprechen sich auch deine Thränen mit
Gewißheit. Seine Tugend, der das Glück
unzehlige Hindernisse in den Weg gestreuet;
seine Reisen, und sein lang dauerndes Herum-
irren, könnten zu einer neuen Odyßee *
Stof genug hergeben, und meine Leser durch
vier und zwanzig Gesänge im Schlummer
halten; die Teufel und Götter der alten ab-
genützten Fabel könnten bequem wieder auf-
erwecket, Jahre mit Begebenheiten eines
einigen Monats angefüllt, und im Tone
einer matten Erhabenheit der Unstern dieses
Psittichs besungen werden, der sich, wie alle
Welt gestehen wird, nicht weniger prächtig,
als Aeneas aufgeführet; und eben so fromm,
wie er, und eben so unglücklich gewesen:
aber lange Werke ziehen lange Weile nach
sich, und die den weisen Bienen ähnliche
Musen

* Eines der Heldengedichte Homers in vier und
zwanzig Büchern, worinne die Heimreise des
Ulyßes von Troja nach Ithaka, nebst denen bey
dieser Gelegenheit ausgestandenen Gefährlich-
keiten, beschrieben werden.

Musen schwärmen lieber von Blume zu Blume. Ein kurzer Flug ist am meisten nach
ihrem Geschmack; und wenn sie einem Gegenstand die feinste Blüthe weggenommen,
so fallen sie geschwind auf einen andern.
Ich selbst verdanke diese Maxime deinem
Unterrichte, und wünsche, daß sie, aus mei-
nem Gedichte, wie hinter einem zarten Flore,
zierlich hervorscheinen möge.

Sollte ich übrigens in Entwerfung mei-
ner Gemählde zu redlich gehandelt; die Ge-
heinniße, feinen Künste, und schlaue Gelehrsamkeit der frommen Klosterzellen ein wenig
zu sehr enthüllt; und ihre heiligen und hoch-
wichtigen Kleinigkeiten ins Licht gestellt haben:
so wird mir deine aufgeweckte Denkungsart
diese Kühnheit zu übersehen wissen. Deine
von weiblicher Schwäche freye Vernuuft
stößt sich an so niedrigen Felsen nicht. Kein
scherzendes Dichterspiel vermochte deinem
nur seiner Pflicht getreuem Geiste jemahlen
eins anzubringen; und du weißt zu wohl,
daß eine durch die Kunst verlarvte Stirne

dem Himmel weniger, als eine liebenswürbige
Freymüthigkeit, wohlgefalle. Wenn die Tugend, sich den Sterblichen körperlich zu zeigen,
sich jemahls entschließen sollte, sie würde, nicht
mit gekünstelter Verstellung, noch gezwunge-
nen Geberden, auch nicht mit wilden und
furchtbaren Blicken, sondern mit deiner oder
der Gratien Miene, Anbetung und Altäre zu
verdienen suchen.

Die große Wahrheit, daß man nicht
ohne Schaden immer auf der Landstraße lie-
gen könne, sondern selten, gebeßert, aus der
Fremde, heimkomme, habe ich schon in manchem grundgelehrten Schriftsteller gelesen.
Und gewiß * : es schaft uns nicht so viel
Vortheil, entlegene und wilde Länder zu
durchstreichen, als im Schooße unserer Pe-
naten zu leben, und als ruhige Bewohner
niedriger Strohhütten, bey einem eigenen
Heerde, über unsere Tugend zu wachen. Unterlassen

* Die Zeile: un sort errant ne conduit qu'à l'er-
reur, warb, weil sie nichts anders sagt, als was
gleich darauf schöner gesagt wird, wohlbedäch-
tig ausgelassen.

terlassen wir dieses, so bringen wir unser in
Gefahren gemeiniglich am meisten leidendes
Herz, mit fremden Lastern beschweret, heim.
Das erschreckliche Schicksal, welches meinen
Held betroffen, gibt einen rührenden und ewi-
gen Beweis dieser Wahrheit ab. Alle Echo
des Sprachzimmers der Nonnen zu Nevers *
werden, so jemand zweifeln wollte, die Wahrheit meines Liedes zu bezeugen, bereit seyn.

Es lebte nehmlich allda bey den Schwestern der Visitation ** ein berühmter Papa-
gey, der seiner Geschicklichkeit, seines großmü-
thigen Herzens, seiner Tugenden, wie auch

A 4 　　　　　seines

* Nevers eine französische große und schöne Stadt
mit einem alten und neuen Schloße, im Gou-
vernement Orleans, in der Landschaft Nivernois.
Der Bischof gehört unter Sens, und die Herzoge
von Nevers haben von ihr den Nahmen.

** Visitationis B. Mariae Congregatio ist ein Orden,
den Franz von Sales, Bischof von Genf, gestiftet.
Die Frauenspersonen in demselben sind gehalten,
Kranke, Dürftige, und Verlassene zu besuchen,
auch Gebrechliche, und in andere Orden nicht
taugliche Mädchen aufzunehmen, und ihnen Un-
terhalt zu verschaffen.

seines anmuthsvollen scherzhaften und beleb-
ten Wesens halber, ein minder hartes Schicksal verdienet hätte, wenn schöne Herzen allezeit
glücklich wären.   Sein Nahme war Papperle, sein Vaterland Indien, von deßen
Gestaden er, als eine schöne Pflanze, hieher
versezet wurde.   Er war noch jung und un-
wissend, und wurde seines Wohls halber in
dieses Kloster gesteckt.   Doch war er schön
und schimmernd von Gefieder; lustig, flatter-
haft, liebenswürdig und offenherzig von Sinn,
wie man im Lenz der Jahre zu seyn pflegt;
auch zärtlich und lebhaft; dabey aber noch
ganz unschuldig: mit einem Worte, ein Vogel, nicht nur eines so heiligen Vogelbauers,
sondern auch wegen seines guten Mundwerks
in einem Kloster zu leben vorzüglich würdig.

Der Schwestern zärtliche Sorgfalt für
ihn zu beschreiben, ist so unnöthig, als unmöglich.   Sie waren Nonnen, und jede liebte,
nach ihrem Beichtvater, nichts so sehr, als
ihn.   Darf man einem gewißen sonst sehr
aufrichtigen Annalisten Glauben zustellen, so
 flach

stach er in manchem jungen Herzen den Pater
noch aus. Von jedwedem Julep, womit
der liebe Gottesmann, durch Vorschub der
süßen Nönnchens, sein heiliges Eingeweide
stärkte, bekam er sein Theil. Als der schönste
unter den erlaubten Gegenständen ihrer Liebe
trug er, die stille Einsiedeley mit Lebhaftigkeit
zu erfüllen, nicht wenig bey. Einige alte
Greinerinnen ausgenommen, die auf die junge
Herzen ein wachsames Auge hielten, hatte ihn
das ganze Stift lieb und werth. Weil er
das Alter noch nicht hatte, von dem man
Vernunft fodert, so konnte er frey alles reden
und alles thun; sicher, jedwedem zu gefallen,
und jedweden einzunehmen. Wenn die gute
Kinder am Rahmen, oder am Klippelküßen,
saßen, und arbeiteten, so verkürzte er ihnen
die Zeit, indem sein Schnabel bald mit ihren
Wimpeln * spielte, bald an ihren Schleyern
rupfte. Wenn er nicht bey ihnen war, **

und

* La Guimpe, ein Tuch, das den Nonnen über
die Brust herabhanget.
** Im Französischen heißt es: S'il n'y venoit bril-
ler,

und seine Künste brüstend sehen ließ; von
einer Stange auf die andere hüpfte, am blinkenden Dratgitter des meßingenen Kefichts
klingend hinan kletterte, oder durch den in der
Krone hangenden Ring hindurch schlupfte:
so schien alle Freude ferne zu seyn. Wenn
er scherzte, so geschah es mit Sittsamkeit, und
mit dieser behutsamen schüchternen Mine, die
eine Novizin auch im Scherzen niemahls ver-
lassen wird: Wenn er gleich von mehrern
zu gleicher Zeit gefragt wurde, gab er doch
auf jedwede Frage richtigen Bescheid: nicht
anders, als Cäsar vier Briefe verschiedenen
Innhalts auf einmahl vier Federn vorsagte.

Er hatte, wenn man der Geschichte glaubt,
überall Zutritt, und aß ordentlich im Refe-
ctorio *, wo seinen wohllüstigen Begierden
alles zu Gebothe stund. Wobey ich, zur
Steuer

ler, caracoller, Papilloner, siffler, rossignoler,
Wer diese zwo Zeilen, die ihre Stärke vornehmlich im Wohlklange haben, vollkommen schön
übersezt, dem will ich Hrn. Greßets Werke, im
schönsten Franzbande, zur Belohnung verehren.
* Im Eßsaale des Klosters.

Steuer der Wahrheit, ungemeldet nicht laſ=
ſen kann, daß die Schweſtern ihre Schürzen
mit tauſenderley feinem Naſch= und Zucker=
werke beſteckten, um, zwiſchen der Zeit, ſeinem
nicht zu verderbenden Magen, eine anſtändige
Beſchäftigung zu geben. Denn zärtliche
Sorge für die mindeſte Bedürfniße, und
pünktliche Aufmerkſamkeit auf alles, was
gefallen mag, ſind bey den Nonnen zu Hauſe:
und Papperle erfuhr es, zu ſeinem Vergnü=
gen, täglich.

Dieſem holden Koſtgänger ward mehr,
als einem Papageyen bey Hofe geglinzelt;
alles trug und beſchäftigte ſich mit ihm. Sei=
ne Tage verfloßen unter edlem Müßiggange;
die Nacht aber brachte er im Dormitorio *
zu, wo er unter allen Bettſtätten die Wahl
hatte. Seelig, ja dreymahl ſeelig war diejenige
Schweſter, deren weißgedecktes Lager, bey
der Wiederkunft der Nacht, mit ſeiner Ge=
genwart beehrt wurde: ein Vorzug der alt=
klugen

* Das allgemeine Schlafzimmer der Nonnen.

klugen Müttern * nur selten widerfuhr, weil
das Alkövchen netter Novizen mehr nach seinem Geschmacke war. Dann ihr müßt wissen, daß er in allem ein Freund der Rein-
lichkeit gewesen. Wenn der junge Anachorete
des Abends, wegen der Celle, worinne er
übernachten wollte, einen festen Entschluß
gefaßt hatte, dann saß er auf dem Kästchen,
worinne die Agnus Dei lagen, nieder, und
schlief, bis der Morgenstern aus den Wolken
schimmerte, ruhig. Erwachte er, so war
ihm, bey dem Puztische des frisch aus dem
Vette steigenden Nönnchens zu bleiben, un-
verwehrt. Ich sage bey dem Puztische; aber
ich sage es leise, und dem geliebten Leser
gleichsam nur ins Ohr. Denn ich erinnere
mich irgendwo gelesen zu haben, geschleyerte
Stirnen hätten nicht minder getreue Spiegel
nöthig, als mit Kunst aufgesetzte Köpfe solcher Damen, die brabändische Spizen und
brillantirte Haarnadeln tragen. Wie es für
die Welt; und in der Welt für die Höfe einen

* Discrétes werden in den französischen Klöstern
die Rathgeberinnen der Aebtißin genennet.

nen herrschenden Geschmack in Absicht auf die
Mode, und den Anzug gibt, so hat auch das
Kloster den Seinigen; und es gibt eine Kunst
den Etamin, und die schlechteste Leinwand
glücklich zu werfen. Die flüchtig gaukelnde
Liebesgötter, die unaufgehalten Gitter und
Thürme durchdringen, geben oft einem sitt-
samen Bändchen, oder einem wallenden
Schleyer einen empfindlichen Reiz, und
einen zierlichen galanten Schwung. Die
Frömmigkeit selbst, ehe sie im Sprachzimmer
erscheint, ist dem Crystalle den Tribut eines
Blickes schuldig; welches ich aber allhier eben-
falls nur unter uns gesagt haben, und ohne
weitere Ausschweifung auf meinen Held kommen will, der hier, im Lande der Faulheit,
geschäftlos, doch ohne daß ihm die Zeit
lange wurde, sein Leben zubrachte. Alle Herzen waren ungetheilt sein. Die Schwester
Thekle vergaß, für ihn, ihre weiße Sperlinge;
vier ihrer Canarienvögel ärgerten sich zu To-
de; zwo Katzen, sonst ihre Lieblinge, borsten
für Bosheit, oder kränkten sich das Grab
hinunter, weil Papperle am Brette war.

Wer hätte sich in diesen so entzückenden
Tagen zu behaupten unterstanden, daß man,
nur auf zukünftigen Verlust und Vergeßen-
heit, gute Sitten in seine Seele pflanzen, und
bald eine Zeit, eine Zeit des Lasters und der
traurigen Wehklage, erscheinen würde, wo
Papperle, der zärtlichgeliebteste Abgott aller
Herzen, ein beweinens- und verabscheuungs-
würdiger Gegenstand seyn würde — —
Aber verstumme, meine Muse, verstumme,
und halte die Thränen noch ein wenig zurücke, die der Anblick solcher Unglücksfälle, die
eine allzu bittere Frucht allzugroßer Achtung
von Seiten der Schwestern gewesen, ohn-
fehlbar erpreßen wird.

Zwee-

Zweeter Gesang.

Es ist leicht zu erachten, daß dem Vogel bey solchen Lehrmeisterinnen die Gabe zu sprechen ohnmöglich ermangeln konnte. Das Rad der Rede lief bey ihm, wie bey den Nonnen, immer fort, ausgenommen, wenn er aß. Sein Vortrag, wie der Vortrag eines guten Buchs, war so eingerichtet, daß man sahe, wie er zu leben wiße. Er war jener gebrüsteten Papagayen keiner, die in der Hofluft zu frech, und von jeder Eitelkeit wohl unterrichtet worden, weil ihnen nur Weltmäuler vorgepfiffen haben. Papperle war fromm und andächtig. Er hatte die Unschuld selbst zur Hofmeisterin gehabt. Keine sündliche Vorstellung war je in seine Seele gekom-

men,

men, oder ein unsittsames Wort seinen Lippen
entfallen; aber Lieder, Stoßgebether, und
mystische Gespräche waren ihm in Menge
bekannt. Sein Benedicite sagte er ohne
Fehler her, und in der geistlichen Titulatur
war er als ein Meister erfahren *.

Im Kloster fehlte ihm von allem dem
nichts, was zur Wissenschaft führt. Jung-
fern, die sowohl die alten als neuen Krippenlieder pünktlich inne hatten, und so gelehrt,
als die 9 Musen waren, waren seine Gesellschaft. Durch ihren unermüdeten Fleis ge-
bildet, thats der Schüler seinen Meisterinnen in
kurzem zuvor. Er ahmte dem Tone ihrer Rede
so geschickt nach, daß er die fromme Bedächt-
lichkeit, das heilige Gegirre, und die schlep-
pende Gesangweisen der holden Turteltauben,
der Nonnen, auf das vollkommenste ausdrük-
te. Kurz, alles, was eine Chorregentin wissen muß, wußte Papperle.

Ein solches Verdienst, zu groß, um binnen
vier Klostermauern beschrenkt zu bleiben, ward
weit

* Hier hat man einige Zeilen des Originals nicht
wörtlich genug geben können.

weit und breit bekannt. Zu Nevers redete
man von Morgens bis Abends von nichts,
als dem holden Psittiche der Nonnen, die
man deswegen glücklich pries, und den allerliebsten Geschichten deßelben. Ihn zu sehen,
kam man ausdrücklich von Moulins *. Ue-
brigens sezte er nie den Fuß aus dem Sprachzimmer. Schwester Agnes, im Wimpel von
dem feinesten Etamine, stund beständig zur
Schau da, hatte die Aufwartung bey ihm,
und trug ihn auf der Hand. Sie wußte die
Fremden, auf eine ihm geschickte Art, die
Menge seiner Annehmlichkeiten, die Schönheit seiner Farben, und sein kindlich holdes
Wesen bewundern zu machen. Seine glück-
liche Mine verfehlte kein Herz. Aber die
Schönheit war auch nur das geringste Verdienst des jungen Proselyten. Man vergaß
seine bezaubernde Reizungen, so bald man
den Klang seiner Stimme hörte. Mit einer
Artigkeit, deren sich die Tugend selbst nicht

B 3 geschämt

---

* Moulins, eine alte und ziemlich große Stadt,
und die Hauptstadt in Bourbonnois, am Fluße
Allier, nebst einem alten Schloße und Präsidial.

geschämt haben würde, und die ihm die junge
Profeßen nach und nach beygebracht hatten,
begann der berühmte Vogel seinen Vortrag.
Jeden Augenblick wechselten scharfsinnige
Sprüche und wizige Einfälle unter einander
ab. Und was ein grofes, ihm allein zukom-
mendes, und von jedem, der öffentlich reden
muß, schwer zu glaubendes Lob ist: keiner seiner Zuhörer entschlief; eine Sache, deren sich
kein Redner so leichtlich zu rühmen hat. Man
gab ihm nicht allein geneigtes Gehör; man
überhäufte ihn auch seines glücklichen Ge-
dächtnisses wegen mit Lobsprüchen. Er aber,
unverbeßerlich abgerichtet, und vom eitlen
Nichts der Ehre gleichsam überzeugt, nahm
eine andächtige Mine an, zog seine schöne
Brust in sich selber zurück, und triumphirte
mit Sittsamkeit über den Weihrauch, der
ihm gestreut wurde. Nach abgelegter Probe
seiner Gelehrsamkeit, verkleinerte er den
Schnabel, wie die Nonnen ihre Mäulgen,
legte sein Dankcompliment in den wohlklin-
gendsten Säzen ab, neigte sich mit der Mine
eines Auserwehlten, und schickte die Ver-
samm-

sammlung erbaut heim.   Niemahls war ihm
eine Redensart, die nicht artig und höflich
genennt werden konnte, entwischet: einige
Anstichelungen auf die Ehre des Nächsten,
und solche jüngferliche Lehrsäze ausgenom:
men, die er ohngefähr am Gitter aufgefangen
hatte, oder die von den Schwestern, im Be:
zirke ihrer vier Wände, waren verhandelt
worden.

Also lebte Papperle in seinem wohllüsti:
gen Neste, als ein Beherrscher der Herzen,
als ein heiliger und wahrer Weltweiser, mehr
als von einer Hebe geliebt; rund und dick,
wie ein Domherr, und nicht weniger ehr:
würdig; schön, wie ein treues Herz, gelehrt,
wie ein Abt, eben so geliebt, als liebenswerth;
der gesitteteste unter den Psittichen *, und
voll Tugendgeruch; wie ein Hofmann aus:
geschliffen, und in allem an Ordnung ge:
wöhnt.   Mit einem Worte: der glücklichste
der Sterblichen, wenn er niemahls gereiset
wäre.
B 4   Aber

* Die Zeile: Civilisé, musqué, pincé, rangé,
bietet einem Uebersezer Troz.

Aber die Zeit, an die ohne Thränen niemahls gedacht werden kann; die unglückliche
Zeit, in welcher sich die Sonne seines Ruhms
verfinsterte, nahte herbey. Unerhörtes Ver-
brechen! erstaunliche Schande! Erinnerung,
welche die Seele, wie mit einem Schwerdte,
durchbohrt! verworfenste aller Reisen, die
jemahls gethan worden! möchte man dich
der Zukunft verbergen, möchten sich die Ge-
schichtschreiber entschließen können, dich mit
Stillschweigen vorbeyzugehen! Ihr Götter,
welch ein gefährlich Gut ist, ein grofer Nahme unter den Menschen! welch ein erhabener
Glücke ist es, sein Leben einsam und unbe-
kannt zubringen zu können! Man glaube
mir, was Papperlens Beyspiel unwidersprechlich beweiset, daß zu grofe Naturgaben,
und zu grofes Glücke guten Sitten nur allzu
oftmahls zum Verfalle, oder gar zum Unter-
gange gereichen.

Dein Nahme, o Papperle, deine schim-
mernde Heldenthaten, blieben unter diesem
Himmelsstriche unbeschloßen. Das Gerüchte,
die

die Posaune in der Hand, verkündigte deine
Annehmlichkeiten, und trug die Ehre deines
Nahmens bis — — Nantes *. Hier
hat, wie jedermann weis, der heilige Orden,
einen Schafstall voll ehrwürdiger Mütter,
die, nach dem allgemeinen Hange der Na-
tion, unter der sie wohnen, niemahls die
lezte sind, alles wißen zu wollen. Diese er-
fuhren, was von dem Psittiche ihrer Schwestern gesagt wurde, nicht so bald, daß sich die
Sehnsucht zu erfahren, ob alles wahr wäre,
nicht augenblicklich einstellte. Die Sehnsucht
der Nonnen aber tausendmahl schlimmer.
Schon fliegen ihre Herzen nach Nevers.
Schon sind eines Vogels wegen ihre zwanzig Köpfe verrückt.. Schon schreibt man in
                    B 4   zierli-

---

* Eine grose, volkreiche Handelstadt an der Loire,
  in Oberbretagne, die durch ein festes Schloß
  beschützet wird. Sie hat ein Präsidial, eine
  Universität, und einen Bischof, der unter Tours
  gehört; und ist wegen des Edicts von Nantes,
  oder wegen der Religionsversicherung, die Hen-
  rich der vierte 1598 in dieser Statt den Refor-
  mirten gegeben, die aber Ludwig der vierzehnte
  1685 wiederrufen, vornehmlich berühmt.

zierlichem Patois an die Superiorin, und ersucht sie, den reizungsvollen Vogel auf kurze Zeit die Loire herab zu senden, damit er so wohl seines Ruhms am nantischen Gestade genießen, als die zärtlichen Wünsche der Schwestern erfüllen könnte.

Der Brief geht ab —— —— Aber, wenn wird Antwort kommen? —— —— Ueber zwölf Tage. Welch Jahrhundert bis dahin! — Briefe jagen auf Briefe, und Citationen auf Citationen fort. Vor Verlangen kommt kein Schlaf mehr in ihre Augen. Ihre Gesundheit erliegt; und Cäcilia stirbt.

Endlich kommt das Sendschreiben zu Nevers an. Wichtiges Staatsgeschäfte! Man hält Generalcapitel; man verließt es, und wird Anfangs wild. Was? den Papperle verlieren? O Himmel, lieber den Tod! Was in diesen Gräbern thun, was in diesen öden Thürmen anfangen, wenn der holde Vogel nicht mehr darinne ist. So sprachen die jüngsten, deren lebhaftes, und der langen Muse überdrüßiges Herz, jedem unschuldigen

Ver=

Vergnügen sich annoch willig zu öfnen pflegte.
Und im Ernste zu reden, was war auch billi-
ger, als dieses: diesem so enge verschloßenen
Truppe, der ohnehin keinen Vogel anderer
Art halten durfte, mindstens einen Papageyen
zu erlauben. Dennoch gieng die Meynung
der Mütter, welche von langen Jahren her
in diesem Senate den Vorsiz hatten, und
deren altes Herz so lebhaft zu lieben nicht
mehr gewohnt war, dahin, ihnen den schönen Pupillen auf vierzehn Tage zu überlaßen;
und das deswegen, weil sie (denn ihre Klug-
heit war weit aussehend) befürchteten, daß
eine hartnäckige Weigerung die Schwestern
von Nantes mit ihnen entzweyen möchte.

Aber während dem der geschleierte Staats-
rath, und die Miledis des Oberparlements
diesen Entschluß faßten: entstund in der Kam-
mer der Gemeinen grose Unordnung. Welche Aufopferung! schrie man; welche Aufopferung! Kann man sie begehren? und
können wir sie zugeben? Ach! ist es dann
wahr, sagte Schwester Seraphine, daß
Pap-

Papperle verreiſet, und wir noch leben.
Die Schweſter Kirchnerin erblaßte dreymal,
erſeufzte viermal, vergoß Ströme von Zäh=
ren, knirſchte mit den Zähnen, und ſank ohn=
mächtig dahin. Alles trauerte rundum.
Welcher Prophete den guten Nonnen von
dieſer Reiſe nichts als Unglück geweiſſaget,
weiß ich nicht. Das weiß ich, daß ihnen
die Nacht die Schrecken des Tages durch
noch ſchreckenvollere Träume verdoppelte.
Aber allzueitle Betrübniß! das Schiff, wor=
auf ſeine Unſchuld ſcheitern ſoll, iſt am Ge=
ſtade bereits ſegelfertig. Es naht, um ihn
aufzunehmen. Sie ſind gedrungen, ſich zu
einem verzweiflungsvollen Lebewohl zu ent=
ſchließen, und den Anfang zu machen, aufs
grauſamſte getrennt zu ſeyn. Jedwede
Schweſter girrt, wie eine Turteltaube, und
bejammert zum Voraus den langwierigen
Wittwenſtand. Wie viele Küße empfängt
nicht Papperle zum Abſchiede! was für zärt=
licher Lärmen, was für bange Unruhen gabs
nicht, ehe er fortgelaßen ward. Eine reißt
ihn der andern aus der Hand, eine nach der
andern

andern badet ihn in Thränen. Je näher er
der Abreise war, je mehr Witz, je mehr Reizungen entdeckte man annoch an ihm. Endlich aber ist er vor der grosen Pforte der Abtey
draußen; und die Liebe des ganzen Convents
wischt mit ihm hinaus. „Fahre wohl, mein
„Sohn; fliege, wo die Ehre dir hinwinkt!
„Komm mit allen deinen bezaubernden Rei-
„zungen, komm mit aller deiner Treue wie-
„der zurücke! Die Weste begleiten dich auf
„den Wellen, mittlerweile ich, mit Zwan-
„ge von dir gerissen, voller Unmuth, ver-
„stellt, ja unkennbar für Betrübniß, Ach!
„ewig ungetröstet, ferne von dir schmachten
„werde. Fahre wohl, Geliebter Papperle,
„und werde, auf der Bahn der Ehre, die
„du durchlaufen wirst, überall, für den
„Erstgebohrnen der Liebesgötter angesehen,
„geliebet, verehret!

Dieß war das lezte Lebewohl eines Mönn-
gens, so nett, als ein Püppchen, welches,
um den Nebel seiner Betrübniß zu zerstreuen,
und seine schmachtende verliebte Sehnsucht

zu täuschen, sehr oft, zwischen zweyen Bett-
lacken seine Andacht im Racine * gehalten
hatte, und ohne allen Zweifel herzlich gerne,
weit von der Abtey hinweg, dem allerliebsten
Plauderer gefolget wäre.

Aber, es ist geschehen! und man schifft
den kleinen Narren, itzo noch tugendhaft,
noch redlich, noch voll Wohlstands und Sittsamkeit in seinen Ausdrücken, würklich ein.
Möchte sich sein Herz gegen alle Anfälle des
Lasters heldenmäßig vertheidigen, und eines
Tages alle seine Tugend ins heilige Kloster
wieder zurücke bringen. Möchte —— ——
Aber die Segel flattern, die Ruder schlagen
tief in die Flut, die Lüfte gellen von den schäu-
menden Wogen, ein günstiger Zephir fördert
das schwimmende Schiflein —— —— Es
flieht —— —— Es ist nicht mehr da.

* Dem Vater, der in seinen Tragödien, die wegen einiger aus der heiligen Schrift genomme-
ner Stücke in denen Klöstern häufig gelesen werden, sehr zärtliche Scenen hat.

Drit-

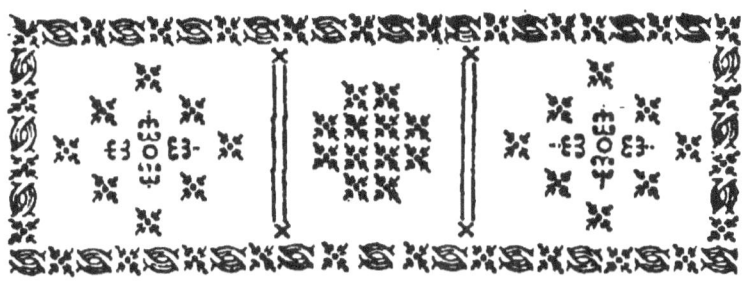

Dritter Gesang.

Das leichte und täglich reisende Schifflein, das den heiligen Vogel zu führen, ganz stolz war, hatte nicht weniger zwo barmherzige Schwestern, drey Dragoner, einen Mönch, eine Pfaffenköchin, und zwey Fleischerknechte * eingenommen. Einem Kinde, welches im Kloster erzogen worden, und zum erstenmahle unter Layen kömmt, hätte keine würdigere Gesellschaft aufstoßen können. In der That war es Papperle, der ihre Denkungsart nicht kannte, zu Muthe, als ob er unter Wilde gerathen wäre.

Die

* Im Französischen heißt es: eine Säugamme, und zween Gascogner.

Die Sprache, die sie führten, war für ihn, wie die Sachen, die darein eingekleidet waren, unerhört. Ganz befremdet staunte er alle ihre Phrases an. Es waren keine evangelische Sittenlehren, keine seelenerbauliche Unterredungen, keine schriftmäßige Arten sich auszudrücken, keine Mentalgebether mehr, dergleichen er bey den stillen und eingezogenen Vestalen zu hören gewohnt gewesen. Nein! es waren dicke Brocken der Rede, woran vorne und hinten nichts christliches zu finden war. Dann die Dragoner, die sich bekanntlich wenig aufs beten legen, redeten beständig in der Sprache der Garküchen, und sangen, um sich unterwegs die Zeit zu verkürzen, den Gott des Weinstockes. Die Mezgerknechte, nebst den drey Plaudertaschen stimmten im Tone der Winkelgäßgen mit ein. Die Schifknechte donnerten und wetterten ihrer Seits nicht weniger. Ihre zu männlichen und hohen Accenten aufgelegte Zungen sprachen alle Redensarten so stark aus, daß von ihrer Energie nicht das mindeste verlohren gieng. Der verwirrte und

ganz

ganz verlegene Papperle, beobachtete in diesem Gelärme, wider seinen Willen, ein tie-
fes Stillschweigen; Er saß da, wie eine ge-
scheuchte traurige Taube, traute sich nicht an
den Laden zu legen, und wußte weder was
er denken, noch was er sprechen sollte.

Mittlerweile das Schiff sanft forttrieb,
wollte man, aus besonderer Gunst, den in
Nachdenken vertieften Psittich, zu rede
bringen. Was machst du, schöner Grill-
lenfänger, sagte Bruder Lubinus, mit mo-
nastischer Plumpheit zu ihm. Das sittsame
Thier machte eine Zuckermine, sties einen
Seufzer methodisch von sich, und antwortete,
im Tone eines Schulmeisters: Gegrüßet seyst
du, Maria! Ob man hätte lachen sollen, oder
nicht, magst du selbst, mein Leser, beurtheilen.
Itzo begannen sie alle den armen Tropfen zu
necken. Durch dieses Necken ward er so
weit gebracht, daß er, nicht recht gesprochen
zu haben, endlich begriff, und ganz voll Furcht
wurde, daß die Klöstermütter übel mit ihm
umspringen würden, woferne er der Reisege-

C   fährten

fährten Sprache nicht mit nach Hauſe brächte.
Sein von Natur ſtolzes, und mit dem ſüßen
Weihrauche des Lobes bishero reichlich ge‐
nährtes Herz, war zu ſchwach, unter dieſem
Sturme der Verachtung, die alle Blumen
ſeines Ruhms welken machte, länger ſittſam
zu bleiben. Alle Geduld entfloh ihm, und
mit ihr ſeine erſte Unſchuld. Undankbar ver‐
fluchte er, bey ſich ſelbſt, ſeine gnädige Herr‐
ſchaft, die gute Nönnchen, weil ſie, wie er
meynte, das Edle, das Feine, das Wohlklin‐
gende der wahren franzöſiſchen Sprache, ihm
beyzubringen, zu ungeſchickt geweſen.

Dieſes zu erlernen, ließ er jetzo ſeine einige
Sorge ſeyn; weswegen er ſich mit Reden
wenig, deſtomehr aber mit Denken beſchäf‐
tigte. Er ſahe, denn er war kein Schaafs‐
kopf, bald ein, daß er die Dulci jubilo, wo‐
von ihm der Kopf voll gepfropfet worden
war, auf ewig vergeßen müßte. Er fand in
der Dragonerſprache mehr Artigkeit, als in
den Wendungen der Nonnen; ſo, daß er
auch dieſe letztere in zween Tagen völlig ver‐
gaß;

gaß, und fast über Nacht in der Ungezogen=
heit recht stark wurde: worüber man sich ge=
wiß nicht verwundern wird, wenn man be=
denkt, daß die Jugend das Böse nur zu
geschwinde zu fassen pflege. Er schwur gar
bald so wacker, als ein in einem vollen Weih=
keßel versenkter Teufel, und bewies also, wie
falsch der berühmte Grundsatz sey, daß man
niemahls auf einmahl vollkommen lasterhaft
werde. Er ward in der Zunft der Bösewichter
sogleich Altgeselle, ohne erst Lehrjunge ge=
wesen zu seyn. Er druckte das güldne A B C
der Schifleute an der Loire seinem Gedächt=
niße über die Maaßen wohl ein. Entfuhr
einem derselben im Feuer der Rede ein Teuf —
so lies er zweene los. Und weil ihn alsdann
die Gesellschaft gemeiniglich rühmte, fieng er,
mit sich selbst vergnügt zu werden, an, schwoll
von seinem eigenen Verdienste auf, setzte seine
Ehre darinne, der Welt, die ihn verführt
hatte, wohl zu gefallen; und ward durch Ent=
heiligung des edlen Werkzeuges seiner Zunge,
ihr Redner. Welches Unglück, daß ein ver=
führerisches Beyspiel so vermögend ist, ein

junges

junges Herz von den himmlischen, auf die
irdische Felder herunter zu stürzen.

Aber was machtet ihr, während dem diese
traurige Scene gespielet wurde, in eurer klö=
sterlichen Einöde, keusche Susannen des
Klosters zu Nevers? Ohne Zweifel stelltet
ihr, des undankbaren Bruders Wiederkunft
zu beschleunigen, ein neuntägiges Fasten an;
ob er gleich, als ein solcher der euch nicht
mehr achtete, sondern freywillig in andere
Ketten übergegangen war, eurer Liebe und
Achtung wenig würdig gewesen. Ohne
Zweifel waren die Zugänge eures Convents
von den Truppen des Unmuths damahls be=
setzet. Das sonst allein von der Freude be=
wachte Gitter stund ohne Zweifel traurig und
öde, und ihr hieltet beynahe das Stillschwei=
gen. O höret auf, höret auf dem Himmel
Gelübde zu bringen! Papperle verdienet es
nicht mehr. Ach er ist derselbe ehrwürdige
Vogel nicht mehr, der er gewesen; seine sanft=
müthige Natur hat er ganz ausgezogen; sein
Herz ist nicht mehr redlich, und sein Geist
nicht

nicht mehr brünstig. Darf ich es sagen: er ist ein Straßenräuber, ein Apostate, ein Gotteslästerer, geworden. Die leichten Winde, und die blauen Wassernymphen, haben, was eure Hände gesäet, verheert, und alle Früchte vor der Erndte zu Grunde gerichtet. Rühmet seine Wissenschaft, die fast unendliche Wissenschaft, nicht mehr! Was kann ein erhabener Verstand, was kann eine ausserordentliche Fähigkeit, ohne Tugend, werth seyn? Verbannet sein Andenken aus euerm Gedächtniße; er hat alle Zucht und alle Schaamhaftigkeit abgelegt; und sein Herz, wie seine Talente, entweihet.

Inzwischen näherte er sich dem thurmreichen Nantes, wo die Schwestern vor Sehnsucht und Ungeduld schmachteten, immer mehr und mehr. Der Tag gieng ihren Begierden nie geschwinde genug auf; noch, wenn er aufgegangen war, geschwinde genug wieder unter. Die schmeichlende Hofnung, uns zu betrügen allezeit sinnreich, versprach ihnen einen edel erzogenen, und in allen Wissen-

schaften

schaften gründlich unterrichteten Vogel. Eine
holde, in ehrbaren Sprüchen erbaulich tö-
nende Kehle, ein..erhaben gesinntes, und für
jede Tugend empfindliches Herz, ein Verdienst,
dem nichts fehlte, war es, was sie mindstens
erwarteten. Aber, welch ein Schmerz! ihre
Hofnung betrog sie, und ihre Erwartung war
eitel.

Das Schiflein kommt endlich an, und
was es eingenommen, wird ans Land gesetzet.
Seit dem von den Schwestern zu Nevers
empfangenen ersten Briefe muste die Kloster-
pförtnerin jedweden Morgen aufs Gestade
der Loire sitzen und ihn erwarten. Ihre auf
den Fluten, längst dem Fluße hinauf irrende
Augen, schienen den langsamen Gang des
Heldenschifleins beschleunigen zu wollen. An
der Mine, und dem frommen Blicke des
niedergeschlagenen Auges, an dem langen
Schleyer, und feinem Etamine, an den weis-
sen Handschuhen, der sterbenden Stimme,
und noch mehr an dem güldnen Kreuzgen auf
ihrer Brust erkannte, als man ihn aufs Land
setzte,

setzte, der bunte Psittich, die Klosterfrau.
Er knirschte für Bosheit, und übergab sie,
aller Wahrscheinlichkeit nach, recht soldaten-
mäßig dem Satan; entschloßen, sich lieber
an den ersten besten Dragoner, deßen bac-
chische Mundart ihm bekannt wäre, zu hän-
gen, als die nunmehro wieder vergeßene Li-
tanien, Complimente, und Krippenlieder der
Nonnen aufs neue auswendig zu lernen.
Allein man trug den niederträchtigen Kerl
wider seinen Willen und Dank in die Nacht-
herberge, die er verwünschte. Die Pförtnerin, seines Schreyens und Protestirens un-
geachtet, schleppte ihn fort. Wie man sagt,
biß er sie unterwegs was rechts; einige behaupten in den Hals, andere in die Arme;
wiewohl es schwerlich zu bestimmen ist, wohin?
woran meines Erachtens auch nicht viel liegt.
Endlich brachte ihn die weise Sibylle, wiewohl
nicht ohne Mühe, ins Convent. Flugs lauft
das Gerüchte mit seinem Nahmen durch das
ganze weite Gebäude. Die Glocke schlägt an.
Weil man eben im Chore war, verlies man
es, und eilte beflügelt heraus. Die Worte:

Er

Er ists, Schwestern, er ists! ertönten
aller Orten. Das Gedränge, und die Sehn=
sucht, ihn zu sehen, war unaussprechlich.
Die Betagtesten, die ihre Schritte sonst zeh=
len mußten, vergaßen die Last ihrer schlei=
chenden Jahre. Sie wurden wieder jung;
und Mutter Angelica lief itzo das
erstemahl.

Vierter Gesang.

Man sieht endlich den Vogel, und kan sich nicht satt an ihm sehen. Man hatte recht; denn so ein grofer Schlack als er war, war er darum nicht minder schön. Sein eroberndes Auge, seine muntere Welt= mine, gaben seiner Anmuth einen Zusatz. Müßen, o Götter, die zärtlichsten Reizungen auf der Stirne eines Bösewichts schimmern? Ist es nicht Schade, daß man verkehrte Ge= müther nicht an der äußern Misgestalt erken= nen kann!

Die in ihm vereinte Reizungen zu bewun= dern, sprachen alle Schwestern, und alle auf einmahl. Einem, der bey ihnen gestanden, und ihr Geräusch gehört hätte, hätte Jupiter verge=

C 5 bens

bens gedoñert. Er aber, ohne ein einiges from-
mes Wort von sich zu geben, schob frech, wie
ein junger Carmeliter, die Augen hin und her.
Diese unverschämte Mine war das erste Ver-
brechen, woran sich das Convent ärgerte.
Das zweyte war dieses. Als die Priorin
mit einer heiligen Geberde und aus der Fülle
ihres innern Menschen dem Epikurer zu pre-
digen anfieng: antwortete er, (und das war
sein erstes Wort, und seine ganze Apologie)
ich sage, so antwortete er, ganz bedächtlich,
mit einer Mine voll Verachtung, und im
wahren Tone eines Lastträgers, ohne zu be-
herzigen, was für erschreckliche Reden er aus-
spräche: Beym Henker! die Nonnen sind
geschoßen. Die Geschichte sagt, daß er
diese Worte unterwegs von einem Reisege-
fährten gehöret habe. Als ihn die Schwester Augustine bey diesem übereilten Eingan-
ge vor fernern Fehlern wohlmeynend warnen
wolte, und deswegen mit aller möglichen Hold-
seligkeit und Sanftmut zu ihm sagte: Schä-
me dich doch, lieber Bruder! das ist ja
wider allen Wohlstand: so stieß er die gute
Lehre

Lehre von sich, ward wild, wie eine gereizte Biene, und schalt sie über und über eine — Hure.

Ehrwürdige Mutter, erwiederte jetzo die gute Schwester, ich schwöre bey allen Heiligen: er ist ein Hexenmeister. Gebenedeyte Maria! was ist das für ein Bösewicht? Gerechter Himmel! so ist denn das derjenige Vogel, der uns als ein Wunder der Heiligkeit beschrieben worden!

Als sie diese Anmerkungen vorgebracht hatte, sah sie Papperle starr an, fluchte, wie einer, der sich auf den Rabenstein mästen läßt, und sprach: Daß dich das Wetter zerschmettre!

Itzt lief jedwede herzu, dem bösen Maule Einhalt zu thun; aber er hängte jeder eins an. Um die junge sich zierende Nönnchen zu trillen, äffte er ihre wortreiche Entrüstung nach; aber noch giftiger über die alten Greinerinnen, schraubte er sie, ihrer nieslenlenden Aussprache wegen.

Zulezt

Zulezt, und das war noch schlimmer, ward
er ihrer abgeschmackten Moral satt, und die
Geduld gieng ihm völlig aus. Er stimmte,
wie ein Seeräuber, alle erschreckliche Worte
an, die er von dem Marktschiffe in seinem
Gedächtniße mitgebracht hatte. Er fluchte;
er schwur ganz unbändig; und lies die ganze
Hölle durch die Musterung gehen; die Z - -
die Sch - - flogen, vor seinem Schnabel, in den
Lüften herum. Die guten Nönnchen meyn=
ten, er spräche griechisch. Canaille! Hunds - -
Zehn tausend Donnerwetter! waren seine
Arien.

Die Fundamente des Sprachzimmers er=
bebten bey diesen entsezlichen Worten. Die
Nonnen fuhren zusammen, verstummten, und
flohen, indem sie tausendmahl das Kreuz schlu=
gen, davon. In der Meynung, der jüngste
Tag komme, laufen sie alle nach dem Klo=
sterkeller: so hastig, daß Mutter Kunigunde
über ihre eigene Füse stürzte, und ihren lezten
Zahn einbüßte. Die Schwester Bibian thut
mit Mühe das schwarze Grab ihres Mun=

des

des auf, und, ewiger Vater, sagt sie, wer
hat doch diesen Antichrist = = diesen einge=
fleischten Teufel, zu uns gesendet! O süser
Jesus! was für ein Gewißen muß er haben,
daß er gläubt, wie ein Verdammter, schwö=
ren zu dürfen. Ist das der Verstand und
die tiefe Wißenschaft des so hoch geliebten,
und so sehr gepriesenen Papperle. Bey
den eilf tausend Jungfrauen, die St. Ursula
mit ihrem Mantel bedeckt, schwöre ich euch,
Schwestern, er muß von unserm Angesichte
verbannt, und den Weg, den er gekommen,
wieder zurückgesendet werden. O himmlische
Liebe, versetzte Schwester Agnes, welche ent=
setzliche Dinge höre ich? Ist dieses die Spra=
che, die bey unsern Schwestern zu Nevers
geredet wird! Wie! bildet man da die Ju=
gend so? Welch ein Ketzer? O göttliche
Weisheit, verhüte, daß er seinen Fuß nicht
tiefer in unser Convent setze. Die ganze
Hölle wäre bey uns, wenn wir mit diesem
Lucifer unter einem Dache wohnten.

Man ward endlich eins, Papen wieder in
einen Keficht zu sperren, und unverzüglich zu=
rücke

rücke zu schicken. Der Pilger wünschte auch nichts mehr, als dieses. Und nun ist das Urtheil würklich gefällt, das Anathema über ihn gesprochen, und er nicht allein beschuldiget, sondern auch überwiesen, böse Anschläge auf die Tugend der heiligen Schwestern gefasset zu haben. Sie alle unterschrieben den Verdammungsspruch des Mißethäters, indem sie ihn annoch beweinten. Denn welches Unglück war es nicht, daß er schon in der Blüte seines Alters eine solche Stuffe der Ruchlosigkeit erreicht hatte; und unter einem so schönen Gefieder den frechen Sinn eines ausgelernten Spizbubens, die Mine eines Heiden, und das schwarze Herz eines Verworfnen trug. Er geht endlich fort, von der Pförtnerin getragen; er eilt der Loire wieder zu, ohne sie zu beißen, wie er vormahls gethan hatte. Ein bedeckter Nachen empfängt ihn in seinen Schoos, und itzt stößt er vom traurigen Gestade ab, und eilt, ohne Sehnsucht und Thränen, davon.

Dieses ist die epische Erzehlung seiner unglücklichen Begebenheiten. In welche Verzwei-

zweiflung verfiel nicht sein Kloster, als er bey
seiner Zurückkunft zu Nevers, eben das
Spiel, das er zu Nantes gespielet hatte, zu
spielen anfieng; eben die Aergernisse gab, die
er dorten gegeben hatte. Sage mir, meine
Muse, wozu sich die untröstbare Schwestern
endlich entschließen werden!

Neun ehrwürdige Schwestern, die Augen
voll Thränen, und für Bestürzung ganz
ausser sich, gehen, doppelt verschleyert, und
in lange Trauerkleider eingehüllt, in den Ka-
pittelsaal. Wenn ihr euch dieselbe gehörig
vorstellen wollet, so müßt ihr euch neun Jahr-
hunderte vorstellen, die einen Besuch bey
einander ablegen. Allhier wird er, entfernt
von den Schwestern, die noch mit Nach-
druck und Eifer für ihn sprechen würden, vor
dem Angesichte des geistlichen Senats, im
Resichte angefeßelt, ohne Hofnung, daß eine
einzige Stimme vortheilhaft für ihn aus-
fallen werde. Die Stimmen werden gesam-
melt. Zwo Sibyllen haben das Urtheil
seines Todes auf einer schwarzen Tafel schon
ange-

angezeichnet. Zwo andere, ein wenig minder
wahnwitzig, als diese, sind der Meynung,
daß er seinem unseligen Schicksale überlaßen,
und an das ungläubige Ufer, wo er bey den
schwarzen Bramanen gebohren worden,
müße zurück gesendet werden. Allein, erst
den übrigen fünfen, indem sie eins werden,
glückt es, die Art und Weise, wie er ge=
straft werden soll, fest zu setzen. Sie ver=
dammen ihn, zween Monate Abstinenz zu
halten; drey Monate eingekerkert zu seyn, und
vier Monate zu schweigen; während dem
ihm in keinem Garten oder Alkove, und bey
keinem Puztische zu erscheinen, auch kein Zu=
ckerbrodt zu kosten, erlaubt seyn soll. Ueber=
dieses, und zu Vergröserung seiner Pein,
ernennte man zu seiner Kerkermeisterin, und
einigen Gesellschaft, die Alekt: des Klosters,
eine Convertitin und achtzigjähriges Gerippe;
schön, wie eine geschleyerte Meerkatze, und
würdig vom Auge eines solchen, der seine
Sünden büßen will, betrachtet zu werden.
Dieses weiblichen, aber unerbittlichen Argus
ohngeachtet, schlichen die junge Schwestern

in den Spielstunden zuweilen zum Gefange-
nen, trösteten ihn, und unterbrachen den Lauf
seiner Schmerzen, mindstens auf kurze Zeit,
durch das zärtliche Mitleid, das sie bezeugten.
Schwester Rosalia steckte ihm, so oft das
Silberglöcklein in die Frühmette rief, gerö-
stete Mandeln zu. Aber dem, der seiner Freyheit beraubt ist, und in Banden seufzet, sind
die besten Melonen nur Kürbse. Mit Schaam
bedeckt, durchs Leiden belehrt, und mürbe
gemacht, oder wenigstens müde, sich immer
in so beschwerlicher Gesellschaft zu sehen, fieng
der gebeugte Vogel, sich selbst zu erkennen,
wieder an, vergaß so Dragoner, als Vettel-
mönche, ward vollkommen nach den Saiten
der Schwestern wieder gestimmt, sang und
tanzte nach ihren Tönen, und ward, daß ichs
kurz gebe, wieder andächtiger, als — —
ein Domherr. Als man seiner Bekehrung
unwidersprechlich versichert war, ließ der graue
Divan von seiner Strenge etwas nach, und
kürzte die bestimmte Bußzeit des holden Ver-
bannten ab. Ohne Zweifel wird der Tag
seiner Zurückrufung für das Kloster ein Tag

der

der Freude und des Jauchzens seyn. Alle
der Zärtlichkeit geweihte Stunden dieses Tages werden durch die Hände Amors gespon-
nen werden — — Aber ich irre. O Jam-
mer! o ungetreue Freuden der Welt! o eitle
Anmuth irdischer Wohlüste! — — Alle
Zellen waren itzo mit Blumen bestreut. Der
beste Caffee dampfte. Die artigsten Lieder
trillerten. Alles hüpfte binnen den heiligen
Mauern mit leichten Füsen auf und ab. Lie-
benswürdiger Tumult, und uneingeschränkte
Freyheit herrschten überall. Jedes Herz war
bemüht, die schönsten Flammen, die je in ihm
gelodert haben, auszudrücken; und nichts
weissagte Betrübniße, die doch so nahe waren. Aber, o unbedachtsame Freygebigkeit
der Schwestern! Da sie Papperle aus dem
Schoose der langen Enthaltung allzu gäh-
ling in die Arme des süsen Ueberflußes tragen, ihn mit Zuckerwerk stopfen, und ihm
das Herz mit abgezognen Wassern verbren-
nen: sinkt er auf einen nahen Confecthügel
dahin, und seine Rosen verwandeln sich in
schwarze Cypreßen. Vergebens suchen sie
seine

seine irrende Seele, und seine lezte Seufzer
aufzuhalten. Die süse Ausschweifung beflügelt seinen Tod. Mitten im Schoose der
Wollust, und als ein unglückseliges Schlacht-
opfer der feurigsten Liebe gibt er den Geist
auf. Man bewunderte seine lezte Reden.
Venus selbst drückte ihm die Augenlieder zu,
und führte ihn ins Elysium, wo er den be-
rühmtesten Helden seines Geschlechts beyge-
sellt wurde; vornehmlich jenem, deßen Wiz
Corinnens zärtlicher Liebhaber * so schön besungen, und deßen Asche er mit so vielen
Thränen benezt hatte.

Wer! o wer ist zu erzehlen vermögend, wie
der berühmte Vogel nach seinem Hintritte
bedauert worden. Des Convents ehrwürdige
Vorsteherin ** selbst ergriff die Feder, und
D 2 beschrieb

* Ovid.

** Im Französischen heißt es: la Soeur déposítai-
re, welches ich im Deutschen nicht gebührend zu
übersetzen gewußt, ob ich gleich weiß, daß es
diejenige Nonne bedeutet, welche die Kostbar-
keiten, das Geld, das Archiv, und die Urkunden
des Klosters in Verwahrung hat.

beschrieb sein Leben, seine Thaten, und sein
erbauliches Ende in einem Circularschreiben,
woraus ich das beste gezogen habe, um es
durch dieses Gedicht auf die Nachwelt zu
bringen. Der beste Pinsel schilderte ihn
noch auf der Baare nach der Natur. Mehr
als eine durch Amor geführte Hand wußte
durch Farben, oder durch die Nadel, ihm ein
zweytes Leben zu geben. Der Schmerz,
sinnreich sein Andenken zu erhalten, faßte je=
des Bild von ihm mit blinkenden Thränen
ein. Keine der Ehrenbezeigungen, die der
Helikon berühmten Vögeln anthut, wurde
unterlassen. Man baute sein Mausoläum an
dem Fuse einer Myrte, die ihre Aeste, um es
zu beschatten, weit ausbreitete. Die zärtli=
chen Artemisien selbst entwarfen seine Grab=
schrift, und liesen sie, mit güldnen Buchsta=
ben, auf einen mit Blumenkränzen umwun=
denen Porphir, graben. Wer sie liefet, muß
Thränen fliesen lassen, und wenn er ein Fels
wäre. Sie lautet also:

Wenn ihr, ohne Bewußt der alten ehrwürdigen Schwestern,
Eins zu plaudern, allhier unter den Myrten erscheint,

Junge Nönnchen, so schweigt, wenns euch am Leben nicht
schadet;

Bindet die Zungen, und lernt unser unsterbliches Leid.

Ihr gehorchet · · Ists euch, itzt zu gehorchen, zu grausam,

O so sprechet; doch sprecht, uns zu beklagen, recht laut.

Unsern zärtlichsten Schmerz mahlt euch ein Wörtchen: Es
lieget

Pater Papperle hier; jedwedes Herze liegt hier.

Itzt sagt man, (denn ich muß meine Gloße enden, und die Muse erlaubt mir nur noch wenige Worte zu reden,) itzt sagt man, daß sich der Geist des holden Vogels nicht mehr in dem Grabmahle aufhalte, sondern in die Nonnen übergegangen wäre, welchen er sich, Kraft der Seelenwanderung, durch alle Zeitläufte hindurch, sammt aller seiner Schwatzhaftigkeit, mittheilen würde.

Folgende Verlagsbücher sind in Michael Macklots privilegirter Hof-Buchhandlung in Carlsruhe, oder in allen ansehnlichen Buchhandlungen Deutschlands zu haben.

1) Candaules, ein Trauerspiel von Georg Wilh. Schmidt, 8. Frankfurt und Leipzig, 1758.

2) d'Espie, Abhandlung von unverbrennlichen Gebäuden, und der Art und Weise, wie solche vermittelst platter Gewölbe und Dächer aus Ziegelsteinen und Gips ohne Zimmerarbeit zu bauen sind. Aus dem Französischen übersetzt, mit gehörigen Rißen in Kupfer gestochen. 8. Frankf. und Leipzig, 1760.

3) Gedanken von der Bevölkerung, als eine Auflösung der in dem ersten Bande und XXVI Stück derer Carlsruher nützlichen Sammlungen enthaltenen Aufgabe, von J. J. Reinhard, H. M. B. D. würkl. Geheimden Rath. 8. Carlsruhe, 1759.

4) Gedanken von Einführung neuer Stimen in den Reichsfürstenrath, bey Gelegenheit des seithero, und noch am 10. und 17. Jenner 1757 im Reichsfürstl. Collegio wider die Fürstl. Tarische Stimführung vorgefallenen Widerspruchs, eröfnet von P. Nebst Beylagen in einem Auszug der Reichstagsacten. Folio. 1758.

5) die Gedichte Anakreons und der Sappho Oden. Aus dem Griechischen übersetzt, und mit Anmerkungen begleitet. 8. Carlsruhe, 1760.

6) Lobgedichte auf den König von Preußen. 4. London, 1758.

7) Die Gemeinschaft, als ein wahrer Grund der Erbfolge und der einzige Grund der Lehnsfolge derer Seitenverwandten, aus denen teutschen Rechten und dem Reichsherkommen überhaupt, und der Verfaßung des Rheingräflichen Gesammthauses, insonderheit zur Behauptung des Rheingräflich-Grumbach- und Rheingrafensteinischen Erb- und Lehnsfolgerechts in die Hälfte derer erledigten Rheingräflich-Dhaunischen Lande erwiesen. Mit Beylagen und vollständigem Register. Folio. Neue Auflage 1760.

8) Gothaisches Bedenken über die Frage: Ob die Ehe mit des Bruders Wittwe erlaubt sey? samt desselben umständlicher Widerlegung. 8. Frankf. und Leipz. 1758.

9) Hübners, Joh. Zweymal fünf und fünfzig auserlesene biblische Historien aus dem alten und neuen Testament, der Jugend zum besten abgefaßet. 8. Carlsruhe, 1753. Ist auf Kosten des Gymnasii zu Carlsruhe, und auf Hochfürstl. Marggräfl. Baden-Durl. Befehl, zum Besten des Landes, gedruckt worden. Dasselbe auf Schreibpapier.

Rechnen, in 8. 1759. Es enthält dieses Werklein nicht
nur die gewöhnliche Species in ganzen und gebrochenen
Zahlen, die Regel de Tri mit ihren Theilen, als Regula
Societatis, composita, multiplex, &c. die Progreßionen
und Ausziehung der Wurzeln, welches alles deutlich
und gründlich erklärt, und mit vielen im gemeinen Leben bey Banquiern und Kaufleuten würklich vorkom-
menden schweren und leichten Exempeln erläutert
wird; sondern es ist auch eine deutliche und umständliche Anweisung, wie die, so andere im Rechnen unter-
richten, solches der Jugend leicht und gründlich bey-
bringen sollen, angegeben, mit einem Anhang von
Vergleichung des europäischen und biblischen Geldes,
Maases, und Gewichts.

11) Maleri, (I. F.) Q D. B. V. Elementa Etymologica
linguae graecae pro tironibus succinte edita. 8. Loer-
raci, 1750.

12) Nachricht, umständliche, von dem Waisenhause, wie auch
Toll- und Krankenhause zu Pforzheim; ingleichen von
dem Zucht- und Arbeitshause daselbst, mit Kupfern. 8.
Carlsruhe, 1759.

13) Marggräfl. Baden-Durl. Brandversicherungsordnung.
Folio. 1758.

14) Margaräfl. Baden-Durl. Ordnung der Wittwencaße
vor die weltliche Dienerschaften. Zwey Abschnitte.
Folio. Carlsruhe, 1758.

15) Papperle, in vier Gesängen. Der Frau von * * Aebtis-
sinn zu * * zugeeignet. Aus dem Französischen des Hrn.
Greßet, Mitglieds der Akademie der Innschriften und
schönen Wissenschaften zu Paris. 8. Frf. u. Leipz. 1760.

16) Rübels, Joh. Friedr. der Caracter oder die Eigenschaf-
ten eines Medici, nach dem Ausspruch des Hippocratis
entworfen. 4. Frankf. und Leipzig, 1758.

17) Sammlungen, Carlsruher müsliche, oder Abhandlungen
aus allen Theilen derer Wissenschaften, besonders dem
Staats- und Lehnrechte, denen Geschichten, der Natur-
lehre, dem Policey-Cameral-Handlungs- und Fabri-
kenwesen, wie auch der Haus- und Landwirthschaft.
1ster Band. 8. Carlsruhe, 1759. [Wird fortgesetzt.]

18) Sendschreiben über die Abschaffung oder Verlegung
der Apostel- und anderer Feyertäge. 8. Frankfurt und
Leipzig, 1758.

19) der Tempel zu Gnid. Aus dem Französ. 8. Carlsr. 1759.

20) Vierordt, F. M. der Christ, freudig auf die lezte Stun-
de und den feyerlichen Tag des Gerichts. 4. 1757.

21) Wochenblatt, Carlsruher, oder Nachricht von allerhand
Sachen, deren Bekanntmachung dem gemeinen Wesen
nüzlich und nöthig sind. 4. die Jahrgänge 1757. 1758.
1759. [Wird fortgesezt.]

www.ingramcontent.com/pod-product-compliance
Lightning Source LLC
Chambersburg PA
CBHW031929060726
47496CB00008BA/2779